LA CICATRICE DU SOUVENIR

1 . LES ÉVADÉS DE KANASH

Scénario

Ange

Dessins

Christian Paty

Couleurs

Stéphane Stamboulis

soleil

Les auteurs remercient tout le monde, ils se reconnaîtront.

À Overcrom

Le Grand Hôtel, Place de la Liberté - 83000 TOULON
Tél : 04 94 185 185 - Fax : 04 94 62 30 21
Dépôt légal mars 2001 - ISBN - 2 - 84565 - 095 - 7

Conception graphique : Cathy Fellmann pour Soleil

JE N'AI RIEN VU VENIR.
LES SOLDATS DE MON ONCLE ONT SURGI DERRIÈRE MOI, M'ONT ENTRAVÉ, M'ONT TRAÎNÉ DANS LE SALON DE MA VILLA D'ÉTÉ.
ET C'EST LÀ QUE J'AI DÉCOUVERT LES CADAVRES.
MES AMIS.
MON FILS.
MA FEMME.
ILS M'ONT FAIT SORTIR, TANDIS QU'AUTOUR DE MOI, LES SOLDATS FOUILLAIENT LES DOCUMENTS, BRISAIENT MES MEUBLES, METTAIENT LE FEU AUX TENTURES.
C'EST LA DERNIÈRE FOIS QUE J'AI VU MON FOYER...
1

J'AI PASSÉ LES SEMAINES SUIVANTES DANS UN CACHOT SINISTRE... MOI, LE NEVEU DU ROI DE RHUINES. MON ONCLE ÉTAIT JALOUX, IL CONNAISSAIT MA POPULARITÉ, L'AMOUR QUE ME PORTAIENT MES PARTISANS.
ON M'A ACCUSÉ DE TRAHISON, MAIS RIEN N'EST SORTI AU GRAND JOUR. PUIS ILS SONT VENUS ME CHERCHER...
J'AI COMPRIS OÙ ILS M'EMMENAIENT.
LA VALLÉE PERDUE. MON ONCLE RÉPUGNAIT À AVOIR LE SANG DE SON NEVEU SUR LES MAINS... IL A TROUVÉ UNE MÉTHODE PLUS DISCRÈTE, ET PLUS HUMILIANTE. M'ENVOYER, AVEC LES CRIMINELS COMMUNS, DANS LA VALLÉE DES BANNIS, LE LIEU D'INFAMIE D'OÙ NUL N'EST JAMAIS SORTI...
JE ME SUIS RETROUVÉ DANS LA NEIGE, ANONYME, AVEC LA FOURNÉE DE CRIMINELS DU MOIS. VOUS ÉTIEZ PRÉSENTS, VOUS CONNAISSEZ LA SUITE...
LES LOUPS ONT PRIS LEUR PART DE SANG.
LE FROID A FAIT LE RESTE.
ET VOICI COMMENT JE ME SUIS RETROUVÉ ICI, CE SOIR AVEC VOUS.

JOLIE PETITE HISTOIRE, MONSEIGNEUR. LA MÊME QUE CELLE DES AUTRES CONDAMNÉS, DÉPORTÉS ICI !
ILS AVAIENT TOUT ET ILS L'ONT PERDU. LES LOUPS ONT DÉVORÉ LEUR CORPS ET LEUR PASSÉ AVEC.
NON ! MON HISTOIRE N'EST PAS LA LEUR. ET LA VÔTRE NON PLUS. IL Y A UNE GRANDE DIFFÉRENCE ENTRE EUX ET NOUS.
LAQUELLE ?
ILS SONT MORTS.
SAVEZ-VOUS COMBIEN DE TEMPS ON SURVIT EN MOYENNE DANS LA VALLÉE ?
DOUZE HEURES !
MON ONCLE A ENVOYÉ ASSEZ DE SES ENNEMIS PÉRIR ICI POUR QUE JE LE SACHE.
POURTANT, NOUS SOMMES TOUS LES TROIS VIVANTS, CELA FAIT DEUX JOURS ET UNE NUIT QUE NOUS SURVIVONS AU FROID, AU VENT, AUX AVALANCHES, AUX BÊTES FÉROCES.
IL Y AVAIT VINGT CONDAMNÉS. DIX-SEPT SONT MORTS.
PAS NOUS.
JE CROIS EN LA FATALITÉ
AVEZ-VOUS REMARQUÉ COMME NOUS NOUS SOMMES REGROUPÉS, TOUS LES TROIS, SANS QU'UN MOT SOIT ÉCHANGÉ ? COMME NOUS AVONS COMBATTU CÔTE À CÔTE PARCE QUE NOUS ÉTIONS COMPLÉMENTAIRES ?
JE SUIS UN GUERRIER... JE SAIS NÉGOCIER, CONDUIRE UNE ARMÉE, JE SAIS ME BATTRE.
ET VOUS, JEUNE HOMME... VOTRE MAGIE NOUS A SAUVÉ LA VIE, NE SERAIT-CE QU'EN NOUS PERMETTANT D'ALLUMER CE FEU. POURQUOI ÊTES-VOUS LÀ ?
POUR VOL.
QUANT À VOUS, MA CHÈRE... NUL BESOIN DE DEMANDER À QUELLE GUILDE VOUS APPARTENEZ, PUIS-JE SAVOIR POURQUOI VOUS AVEZ ÉTÉ CONDAMNÉE ?
POUR MEURTRE
QUAND LES VOIX DU DESTIN HURLENT, SACHEZ LES ÉCOUTER.
J'ÉCOUTE.
IL N'Y A PAS DE HASARD. ENSEMBLE, NOUS ALLONS RECONQUÉRIR CE QUI M'EST DÛ !
OOOOOOO
"RECONQUÉRIR CE QUI VOUS EST DÛ ?" C'EST COMPLÈTEMENT DÉMENT NOUS N'ARRIVERONS JAMAIS À SORTIR DE CETTE VALLÉE.
ET PUIS J'AI FAIM.
OOOOOOOUUU
ÇA TOMBE BIEN : VOICI VOTRE DÎNER
À MOINS QUE CE NE SOIT LES VOIX DU DESTIN, MONSEIGNEUR.
NOUS SERONT VITE FIXÉS.
3

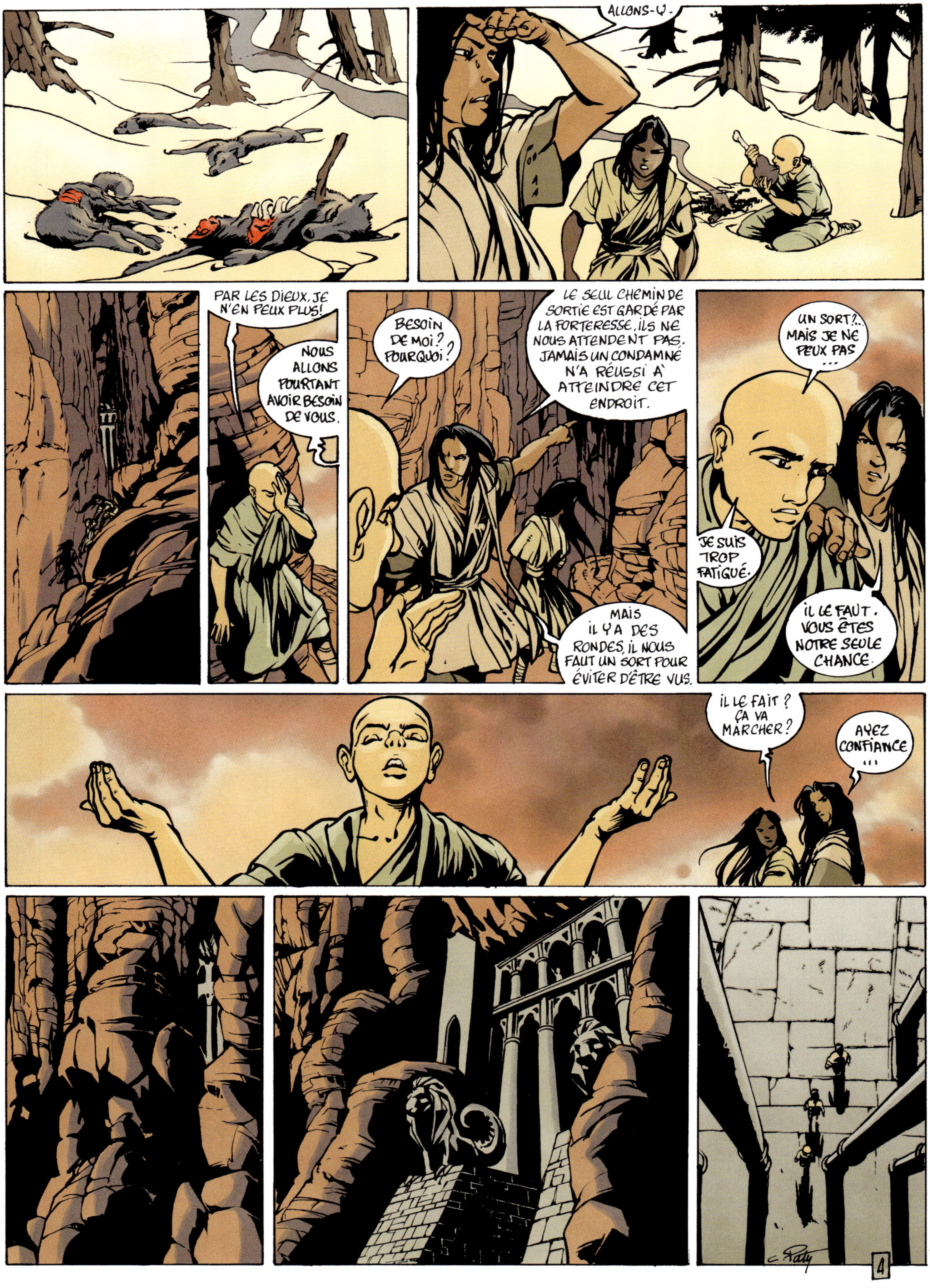
ALLONS-Y.
PAR LES DIEUX, JE N'EN PEUX PLUS!
NOUS ALLONS POURTANT AVOIR BESOIN DE VOUS.
BESOIN DE MOI? POURQUOI?
LE SEUL CHEMIN DE SORTIE EST GARDÉ PAR LA FORTERESSE, ILS NE NOUS ATTENDENT PAS. JAMAIS UN CONDAMNÉ N'A RÉUSSI À ATTEINDRE CET ENDROIT.
MAIS IL Y A DES RONDES, IL NOUS FAUT UN SORT POUR ÉVITER D'ÊTRE VUS.
UN SORT?.. MAIS JE NE PEUX PAS ...
JE SUIS TROP FATIGUÉ.
IL LE FAUT. VOUS ÊTES NOTRE SEULE CHANCE.
IL LE FAIT? ÇA VA MARCHER?
AYEZ CONFIANCE ...
C. Paty
4

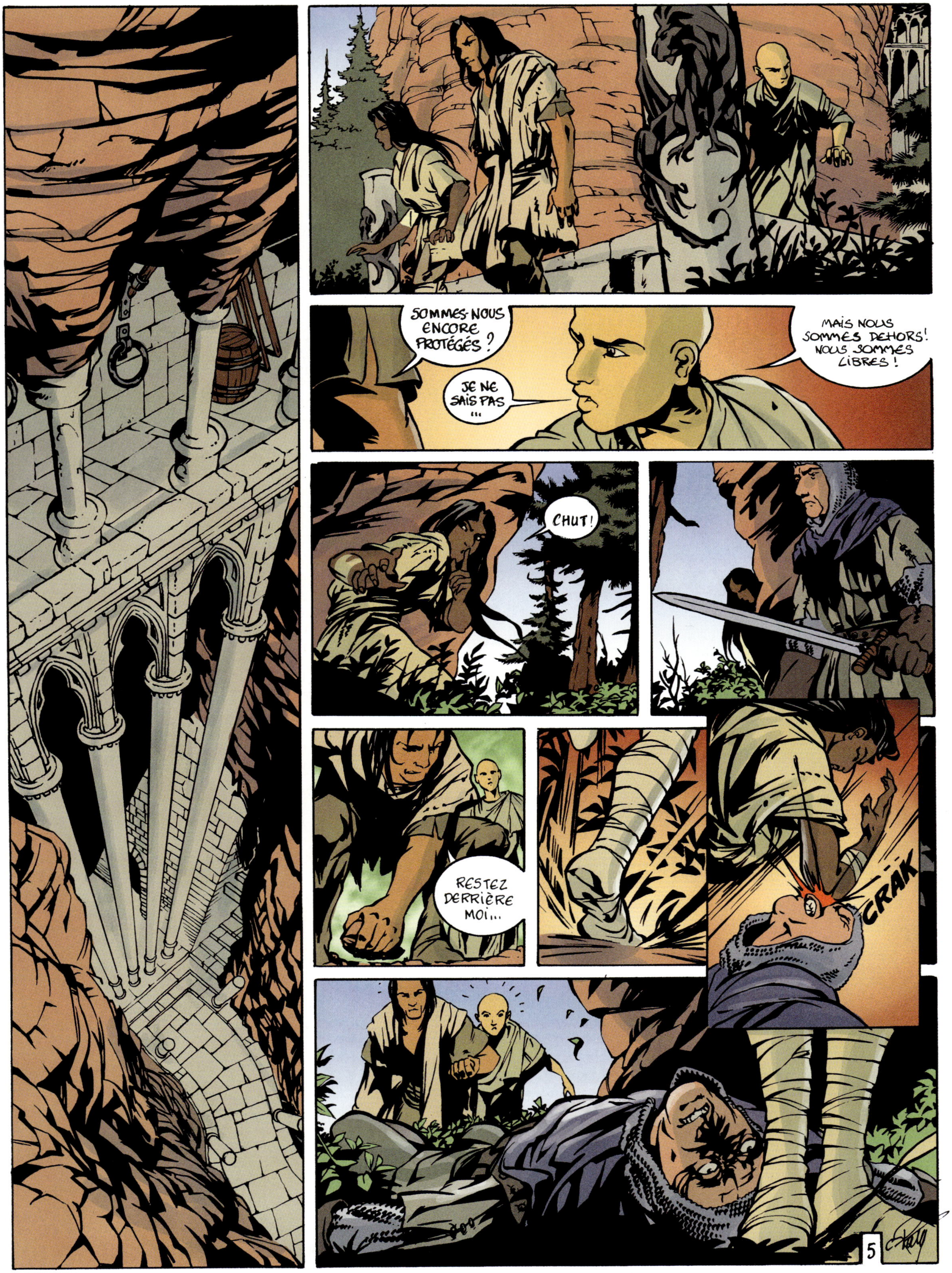
SOMMES-NOUS ENCORE PROTÉGÉS ?
JE NE SAIS PAS ...
MAIS NOUS SOMMES DEHORS ! NOUS SOMMES LIBRES !
CHUT !
RESTEZ DERRIÈRE MOI...
CRAK
5

DÉPÊCHONS-NOUS !
TOUT VA BIEN ?
IL EST MORT ?
IL N'Y A GUÈRE DE DOUTE À CE SUJET.
JE CROIS... JE PENSE...
L'APPARITION DE CET HOMME M'A CAUSÉ UN CHOC ... MON SORT A DÛ S'ÉVANOUIR ...
JE VEUX DIRE... JE NE SAIS PAS SI NOUS ÉTIONS ENCORE PROTÉGÉS, MAIS NOUS NE LE SOMMES CERTAINEMENT PLUS, MAINTENANT.
C'EST PAS VRAI...
ET VOUS APPELEZ ÇA UN MAGICIEN !
ALORS ? QU'EST CE QU'ON FAIT MAINTENANT ?
ON COURT ...
CELLE-CI. C'EST LA PLUS ÉLOIGNÉE DU RESTE DU VILLAGE. SI LES FERMIERS HURLENT OU SE DÉFENDENT, IL N'Y AURA PERSONNE POUR LES ENTENDRE.
PARFAIT, ALLONS-Y.
ATTENDEZ ... VOUS N'ALLEZ PAS LEUR VOLER LEURS BIENS ? CE SONT DES FERMIERS INNOCENTS, ILS N'ONT RIEN À SE REPROCHER...
VOUS N'ALLEZ PAS LEUR FAIRE DE MAL ?
6

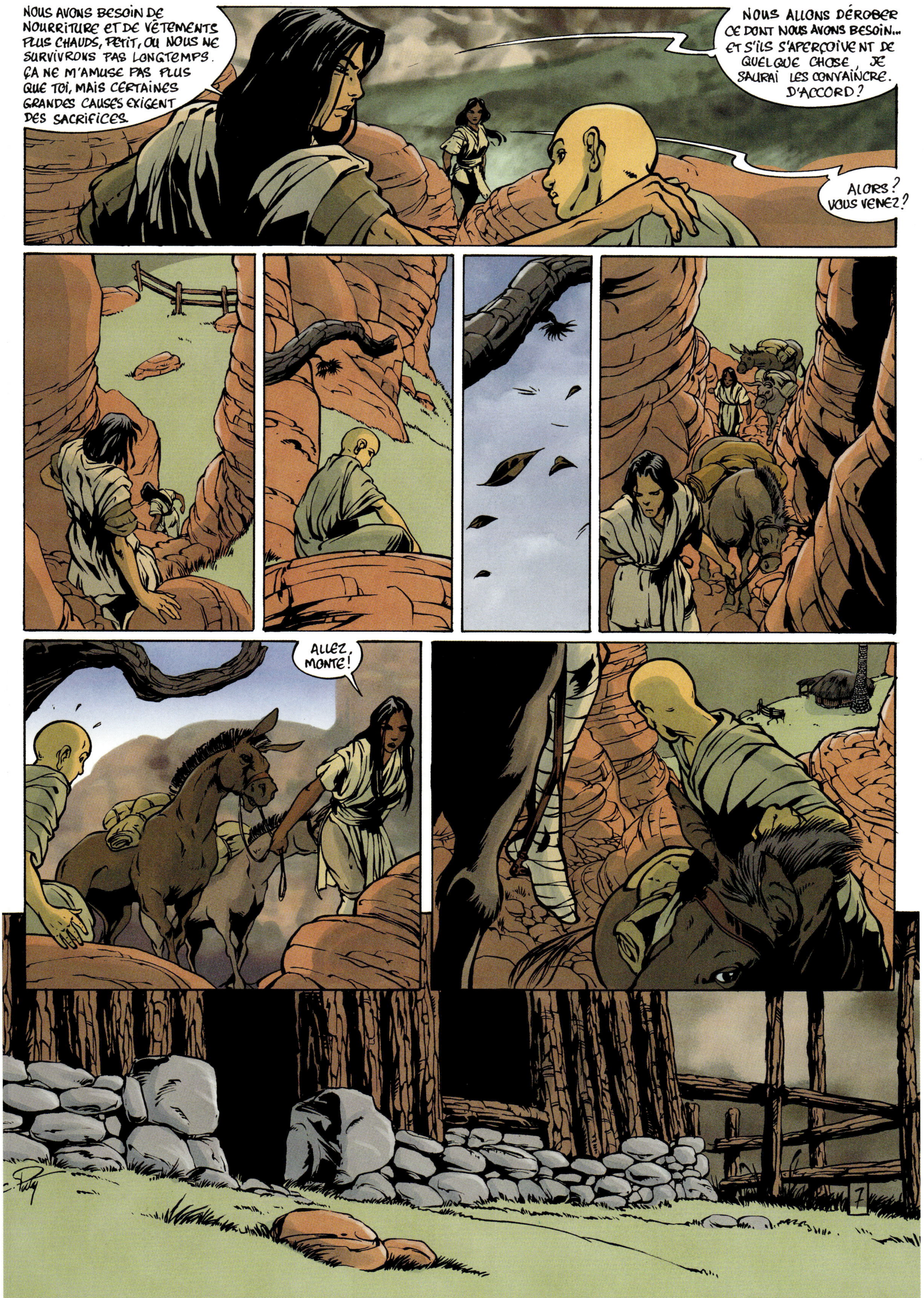
NOUS AVONS BESOIN DE NOURRITURE ET DE VÊTEMENTS PLUS CHAUDS, PETIT, OU NOUS NE SURVIVRONS PAS LONGTEMPS. ÇA NE M'AMUSE PAS PLUS QUE TOI, MAIS CERTAINES GRANDES CAUSES EXIGENT DES SACRIFICES.
NOUS ALLONS DÉROBER CE DONT NOUS AVONS BESOIN... ET S'ILS S'APERÇOIVENT DE QUELQUE CHOSE, JE SAURAI LES CONVAINCRE. D'ACCORD ?
ALORS ? VOUS VENEZ ?
ALLEZ, MONTE !

NOUS DEVRIONS PEUT-ÊTRE NOUS DIRE NOS NOMS.
NOS NOMS?
OUI, NOS NOMS. SI NOUS DEVONS RECONQUÉRIR VOTRE TRÔNE ENSEMBLE, IL SERAIT BON QUE J'ARRÊTE DE VOUS APPELER MONSEIGNEUR, ET QUE J'ARRÊTE D'APPELER LE GAMIN "GAMIN"
PEUT-ÊTRE POURRIEZ-VOUS ÉGALEMENT PARTAGER AVEC NOUS VOTRE PLAN... VOUS EN AVEZ UN, J'IMAGINE?
JE VOUS SENS SARCASTIQUE, MA CHÈRE
APPELEZ-MOI AMIDA. JE NE SUIS PAS SARCASTIQUE. JE M'INTÉRESSE, C'EST TOUT.
DOIS-JE EN DÉDUIRE QUE VOUS ACCEPTEZ DE FAIRE PARTIE DE L'AVENTURE?
PASSEZ-MOI DU JAMBON...
DISONS QUE J'ATTENDS DE VOIR, AVANT DE PRENDRE UNE DÉCISION, OU D'ENTENDRE VOTRE PLAN, PAR EXEMPLE!
ET VOTRE NOM. LES NOMS SONT IMPORTANTS.
MON NOM EST JEAHANN ERKOR IS'VERKYAR SEIGNEUR DE RHUYNES, HÉRITIER EN TITRE DU TRÔNE SACRÉ DE LA CITÉ DIVINE...
...MAIS APPELEZ-MOI ERKOR, CE SERA PLUS PRATIQUE ET PLUS DISCRET.
ET VOUS, JEUNE HOMME?
SYLVAN ... JE M'APPELLE SYLVAN
JE N'AI PAS DE NOM DE FAMILLE, SELON LA TRADITION, J'AURAI DÛ PRENDRE CELUI DE MON ÉCOLE LE JOUR OÙ MES MAÎTRES M'AURAIENT RECONNU DIGNE DE RECEVOIR LEUR SCEAU...
MAIS MAINTENANT... ÇA N'ARRIVERA JAMAIS.
C'ÉTAIT QUOI? DU VIN? DE L'ARGENT?
UN COLLIER POUR TA PETITE AMIE?
HÉ, ÇA NE S'EST PAS PASSÉ COMME ÇA!
IL Y A PEU DE CHANCES EN EFFET, LES APPRENTIS MAGICIENS QUI VOLENT À L'ÉTALAGE ET ONT LA BÊTISE DE SE FAIRE PRENDRE NE SONT PLUS LES BIENVENUS DANS LEUR ÉCOLE.
LA VILLE A ÉTÉ ATTAQUÉE, ET...
QU'IMPORTE! NOUS NE SOMMES PAS ICI POUR NOUS REPROCHER LE PASSÉ...
CE QUI COMPTE, C'EST L'AVENIR. ET AMIDA A RAISON, VOUS AVEZ LE DROIT DE CONNAÎTRE MON PLAN.
8

COMME VOUS LE SAVEZ, LUYNES EST LA CITÉ DES DIEUX.
UN PACTE DIVIN A ÉTÉ CONCLU, IL Y A DES MILLÉNAIRES, À L'ARRIVÉE DES DIEUX EN CE LIEU...
À L'ENDROIT OÙ ILS SONT APPARUS, UN TEMPLE SACRÉ A ÉTÉ ÉRIGÉ...
...ICI.
LA VILLE LEUR EST CONSACRÉE. LES HABITANTS LES LOUENT ET LES PRIENT, CONSACRENT LEUR VIE À L'ART, À LA LITTÉRATURE OU AUX ARTS DE LA GUERRE EN LEUR HONNEUR.
EN ÉCHANGE, LES DIEUX PROTÈGENT LA CITÉ ET SON SOUVERAIN.
ET QUAND JE DIS "PROTÈGENT" CROYEZ-MOI, IL NE S'AGIT PAS D'UNE ÉLUCUBRATION DE PRÊTRE PROMETTANT À SES OUAILLES DE BONNES MOISSONS...
...LA PROTECTION EST RÉELLE ET CONCRÈTE DANS LA ZONE SACRÉE OÙ SE TROUVE LA CITÉ, ICI, "NUL ENNEMI NE POURRA VAINCRE" TELLE EST LA PAROLE DIVINE. ELLE A TOUJOURS ÉTÉ RESPECTÉE.
MILITAIREMENT, LA VILLE EST PRENABLE. MON ONCLE SE REPOSE BIEN TROP SUR LA PROTECTION DIVINE. MALGRÉ MES CONSEILS - QUAND IL M'ÉCOUTAIT ENCORE - L'ENTRETIEN DE L'ARMÉE EST PASSÉ AU SECOND PLAN.
J'AI DE L'ARGENT, JE VAIS ENGAGER DES MERCENAIRES ET MONTER UN PLAN DE BATAILLE, MAIS TANT QUE LES DIEUX SERONT DE SON CÔTÉ, JE NE POURRAI RIEN FAIRE.
J'AI BEAUCOUP RÉFLÉCHI À TOUT CELA, CETTE NUIT... APRÈS AVOIR MANGÉ DU LOUP. JE VAIS AVOIR BESOIN DU CRISTAL DE L'APPEL.
LE CRISTAL! BIEN SÛR... J'AI ÉTUDIÉ LES TEXTES.
CRÉÉ PAR ÉAL, LA DÉESSE DE LA VOIX, À LA DEMANDE DE SON HAUT PRÊTRE, À L'ÉPOQUE OÙ LES DIEUX ÉTAIENT JEUNES.
JE CROYAIS QUE PERSONNE NE CONNAISSAIT SON RÉEL USAGE...
LE CRISTAL PEUT ANNULER LA PROTECTION DES DIEUX. SI NOUS L'AVONS AVEC NOUS LA GUERRE REDEVIENDRA HUMAINE, ET QUE LE MEILLEUR GAGNE...
J'AI L'INTENTION QUE CE SOIT MOI.
9

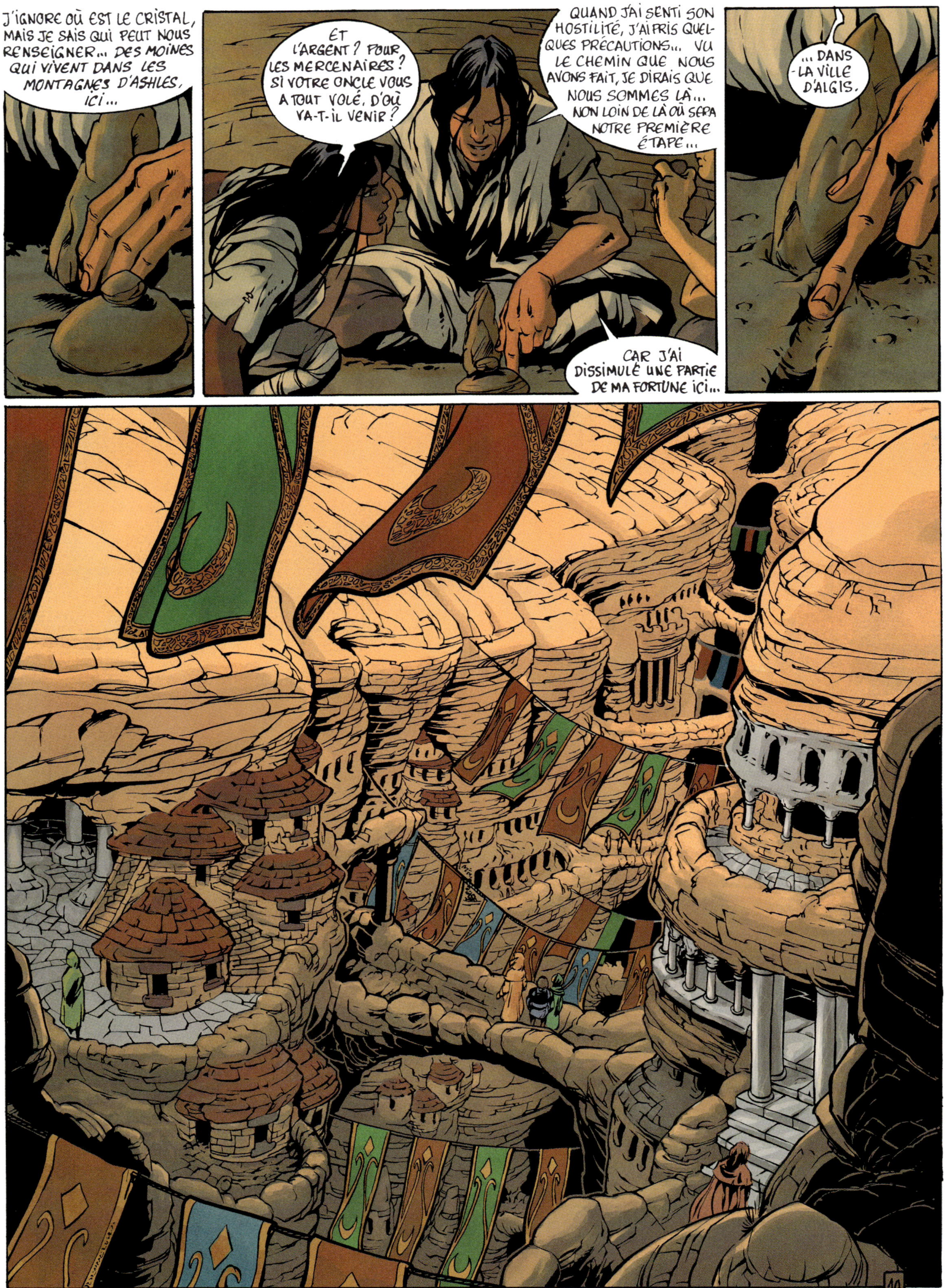
J'IGNORE OÙ EST LE CRISTAL, MAIS JE SAIS QUI PEUT NOUS RENSEIGNER... DES MOINES QUI VIVENT DANS LES MONTAGNES D'ASHLES, ICI...
ET L'ARGENT ? POUR LES MERCENAIRES ? SI VOTRE ONCLE VOUS A TOUT VOLÉ, D'OÙ VA-T-IL VENIR ?
QUAND J'AI SENTI SON HOSTILITÉ, J'AI PRIS QUELQUES PRÉCAUTIONS... VU LE CHEMIN QUE NOUS AVONS FAIT, JE DIRAIS QUE NOUS SOMMES LÀ... NON LOIN DE LÀ OÙ SERA NOTRE PREMIÈRE ÉTAPE...
CAR J'AI DISSIMULÉ UNE PARTIE DE MA FORTUNE ICI...
... DANS LA VILLE D'ALGIS.

TOUTES CES MAISONS... JE N'AI JAMAIS ÉTÉ DANS UNE VILLE AUSSI GRANDE...
L'ÉCOLE ÉTAIT PROTÉGÉE PAR LA CITADELLE, MAIS IL N'Y AVAIT QU'UNE CENTAINE DE VILLAGEOIS...
OUI, LE MONDE EST MERVEILLEUX ...
QUAND ON Y SURVIT.

JE MONTE VOIR MAXIOS. GARDEZ NOS CHEVAUX!
MAXIOS. CE TYPE A VOTRE ARGENT?
EN THÉORIE, OUI
ET S'IL NE VEUT PAS VOUS LE RENDRE?
VEILLER SUR CE QUI LUI A ÉTÉ CONFIÉ EST SON TRAVAIL. IL A LE DEVOIR DE ME RENDRE MON DÉPÔT.
PARFOIS, LES GENS N'OBÉISSENT PAS À LEUR DEVOIR, MONSEIGNEUR. C'EST UNE DES TRISTES RÉALITÉS DE L'EXISTENCE...
TOUT DÉPEND DE CET ARGENT.
TRÈS BIEN. ALORS ALLONS-Y.
JE VIENS VOIR MAXIOS.
À L'INTÉRIEUR.
12

OUI?
JE VIENS REPRENDRE MON DÉPÔT.
LA CLÉ?
FOU EST LE DÉSIR DE PUISSANCE, FORT CELUI QUI LE MAÎTRISE... LA VAGUE VOUS EMPORTE, MAIS L'OCÉAN VOUS BRISE.
LES VERS SONT MALADROITS, MAIS APPROPRIÉS, ÉTANT DONNÉ LES CIRCONSTANCES.
JE NE SAURAIS LE DIRE...
QUI ÊTES VOUS?
QUE VOUS IMPORTE QUI JE SUIS? MON NOM N'A RIEN À VOIR AVEC L'AFFAIRE... SI LA CLÉ EST BONNE, VOUS DEVEZ ME RENDRE MON DÉPÔT...
LA CLÉ EST BONNE, MAIS J'AI REÇU CE MATIN UN MESSAGE M'AFFIRMANT QUE LE PROPRIÉTAIRE DU DÉPÔT AVAIT ÉTÉ ASSASSINÉ.
NAVRÉ DE VOUS DÉCEVOIR. MAIS COMME VOUS LE VOYEZ, JE SUIS VIVANT.
PEUT-ÊTRE, MAIS MA SOURCE EST SÛRE, ET JE...
ÇA SUFFIT!
PAS D'EXCUSES. LA CLÉ EST BONNE, RENDEZ L'ARGENT!
VOUS FERIEZ MIEUX D'OBÉIR...
MON NOM EST AMIDA, FILLE ADOPTIVE DE CIRCA, DU PREMIER CERCLE, DES OMBRES DE GALATA.
JE PEUX TUER DIX HOMMES EN DIX GESTES ET FAIRE DES ARMES AVEC LEURS OS.
DONNEZ-MOI UN BATTEMENT DE COEUR, ET IL N'Y AURA PLUS QUE DES CADAVRES DANS CETTE PIÈCE...
TRÈS IMPRESSIONNANT, PETITE. MAIS DANS MON MÉTIER, J'AI EU MON COMPTE DE MENACES. LA MORT NE ME FAIT PAS PEUR...
MAXIOS, LE PROBLÈME N'EST PAS LÀ. ELLE A RAISON. LE TYPE A LA CLÉ.
LA RÈGLE, C'EST LA RÈGLE...
TRÈS BIEN. ALLEZ CHERCHER LE DÉPÔT.
13

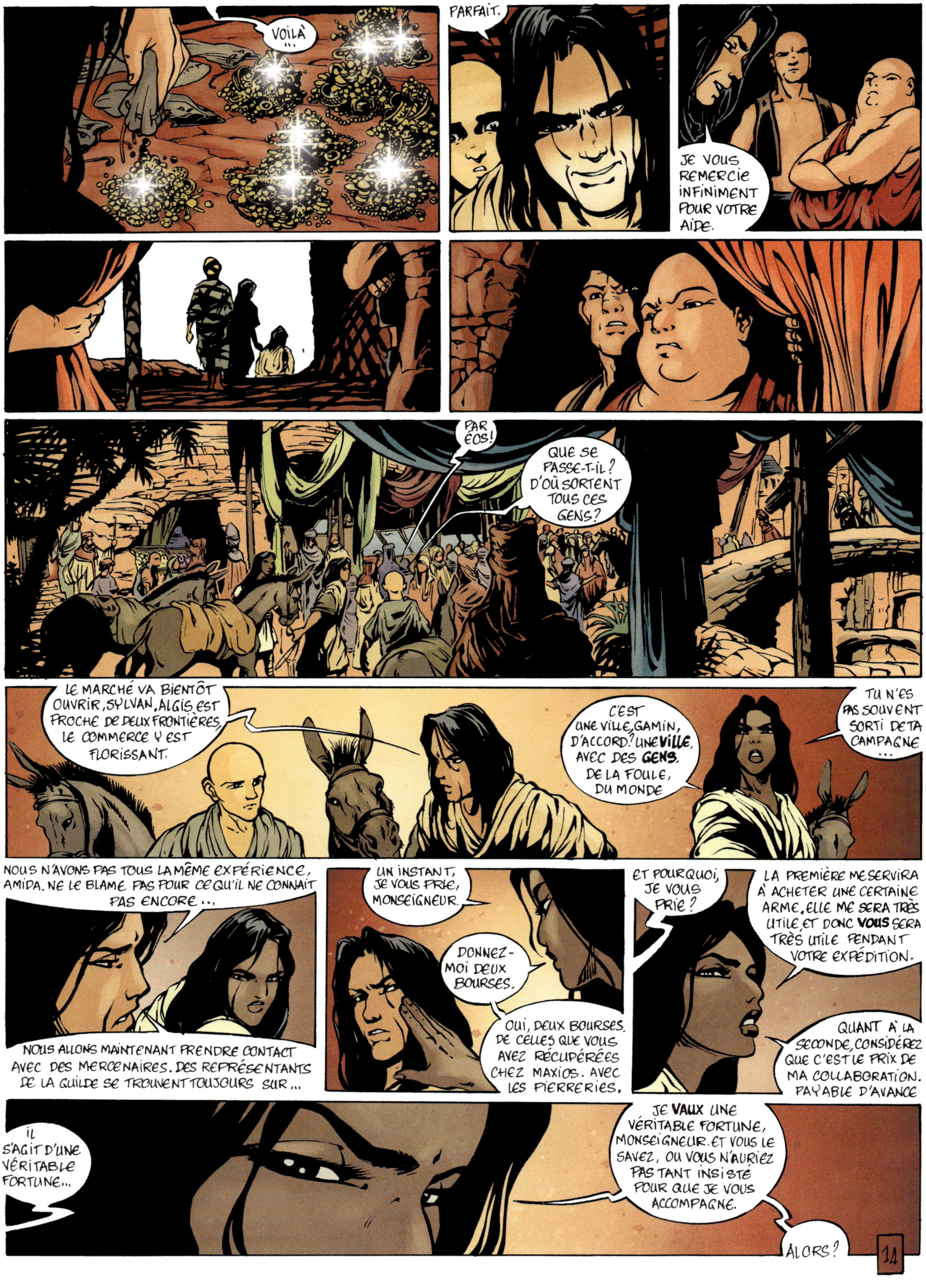

VOILÀ...
PARFAIT.
JE VOUS REMERCIE INFINIMENT POUR VOTRE AIDE.
PAR ÉOS!
QUE SE PASSE-T-IL? D'OÙ SORTENT TOUS CES GENS?
LE MARCHÉ VA BIENTÔT OUVRIR, SYLVAN. ALGIS EST PROCHE DE DEUX FRONTIÈRES, LE COMMERCE Y EST FLORISSANT.
C'EST UNE VILLE, GAMIN, D'ACCORD? UNE VILLE, AVEC DES GENS, DE LA FOULE, DU MONDE
TU N'ES PAS SOUVENT SORTI DE TA CAMPAGNE...
NOUS N'AVONS PAS TOUS LA MÊME EXPÉRIENCE, AMIDA. NE LE BLAME PAS POUR CE QU'IL NE CONNAIT PAS ENCORE...
NOUS ALLONS MAINTENANT PRENDRE CONTACT AVEC DES MERCENAIRES. DES REPRÉSENTANTS DE LA GUILDE SE TROUVENT TOUJOURS SUR...
UN INSTANT, JE VOUS PRIE, MONSEIGNEUR.
DONNEZ-MOI DEUX BOURSES.
OUI, DEUX BOURSES. DE CELLES QUE VOUS AVEZ RÉCUPÉRÉES CHEZ MAXIOS. AVEC LES PIERRERIES.
ET POURQUOI, JE VOUS PRIE?
LA PREMIÈRE ME SERVIRA À ACHETER UNE CERTAINE ARME. ELLE ME SERA TRÈS UTILE, ET DONC VOUS SERA TRÈS UTILE PENDANT VOTRE EXPÉDITION.
QUANT À LA SECONDE, CONSIDÉREZ QUE C'EST LE PRIX DE MA COLLABORATION. PAYABLE D'AVANCE
IL S'AGIT D'UNE VÉRITABLE FORTUNE...
JE VAUX UNE VÉRITABLE FORTUNE, MONSEIGNEUR. ET VOUS LE SAVEZ, OU VOUS N'AURIEZ PAS TANT INSISTÉ POUR QUE JE VOUS ACCOMPAGNE.
ALORS?
14

ET COMMENT PUIS-JE SAVOIR SI...
SI JE NE VAIS PAS M'ÉVANOUIR DANS LA NATURE ?
VOUS N'AVEZ AUCUNE ASSURANCE. C'EST LE MOMENT DE PROUVER QUE VOUS ME FAITES CONFIANCE ...
TRÈS BIEN. REJOIGNEZ-NOUS SUR LA PLATE-FORME DES PIERRES, C'EST LÀ OÙ SE DÉROULENT LES NÉGOCIATIONS AVEC LES REPRÉSENTANTS DE LA GUILDE.
À TOUT À L'HEURE.
15

ALORS ? IL EN EST OÙ ?
JE NE SAIS PAS... IL DISCUTE...
VOUS... VOTRE COSTUME... JE VEUX DIRE...
... VOUS ÊTES SUPERBE !
QU'IL SE HÂTE.
IL PORTE LA RANÇON D'UN ROI DANS SES POCHES, ET JE PRÉFÈRERAIS LE VOIR À L'ABRI POUR LA NUIT.
VOUS AUREZ L'ARMÉE LIBRE DE GARECIE, ET LES GROUPES D'HAKEM ET DE VELLENOR. STRATÉGIQUEMENT VOTRE ASSAUT EST BIEN PENSÉ...
MAIS CE N'EST PAS QU'UNE QUESTION D'HOMMES, NOUS NE POUVONS RIEN FAIRE CONTRE LA PROTECTION DES DIEUX.
JE M'OCCUPE DES DIEUX.
VOILÀ QUI FERAIT UNE BELLE ÉPITAPHE.
NOUS AURONS DES MAGICIENS AVEC NOUS. S'ILS SENTENT LA COLÈRE DES DIEUX MONTER, NOUS FERONT DEMI-TOUR, JE VOUS PRÉVIENS. ET L'AVANCE RESTE DUE.
BEAUCOUP DE FOUS ONT ATTAQUÉ LUYNES. JE N'AI PAS ENVIE QU'ON FASSE UNE CHANSON SUR MA DÉMENCE.
CROYEZ-MOI, IL N'Y AURA DE CHANSON QUE DE VICTOIRE.
... LES TROUPES NOUS ATTENDRONT AU SUD DU COL DES MONTS RAUQUES, DANS UN MOIS. L'ARMÉE LIBRE DE GARECIE EN FERA PARTIE. TANT MIEUX. CES TYPES SONT FÉROCES ET SANS SCRUPULES, EXACTEMENT CE QU'IL NOUS FAUT.
ET S'ILS NE VIENNENT PAS ?
J'AURAI PERDU BEAUCOUP D'ARGENT, MA CHÈRE. MAIS LE CAS EST IDENTIQUE À CELUI DE MAXIOS : LEUR RÉPUTATION EST EN JEU.
16

VOUS ÊTES UN HOMME DE POLITIQUE ET DE GUERRE, MONSEIGNEUR. JE SUPPOSE QUE VOUS VOUS Y CONNAISSEZ MIEUX QUE MOI.
QUELS SONT VOS PROJETS POUR DEMAIN ?
ALLER AU TEMPLE. J'AIMERAIS EN SAVOIR PLUS SUR LE CRISTAL DE L'APPEL AVANT D'ALLER VOIR LES MOINES.
TRÈS BIEN, EN ATTENDANT, IL EST TEMPS DE DORMIR ... NOUS AVONS TOUS BESOIN DE PRENDRE DU REPOS.
NE BOUGE PAS.
17

CHLAK
CHLAK
TCHAK
TCHAK
CHLAK
CHLAK
BEAU TRAVAIL, CHÈRE AMIE. VOTRE ARME EST... IMPRESSIONNANTE JE N'EN AI JAMAIS VU DE PAREILLE.
SI VOUS ME PERMETTEZ DE CONSTATER L'ÉVIDENCE, MONSEIGNEUR... IL NE S'AGIT PAS D'HUMAINS.
EN EFFET ...
18

QU'EN PENSEZ-VOUS ?
DES LHYASH ?
JE NE M'Y CONNAIS GUÈRE EN CRÉATURES INVOQUÉES. OU PLUTÔT, JE NE SAIS QU'UNE CHOSE, C'EST COMMENT LES DÉTRUIRE...
LA MAGIE, C'EST SON RAYON.
ALORS, GAMIN ? DE QUOI S'AGIT-IL ?
HEIN ?
LES CRÉATURES ? C'ÉTAIT DES LHYASH ?
DES QUOI ?
PAR LES DIEUX...
QU'IMPORTE LE NOM, IL NE FAUT PAS TRAÎNER. VOUS VOYEZ AMIDA, VOUS AVIEZ RAISON... JE SUIS TROP NAÏF. JE NE PENSAIS PAS QUE MAXIOS IRAIT JUSQU'À ENGAGER LES SERVICES D'UN SORCIER POUR RÉCUPÉRER SON BIEN.
TANT PIS POUR LA VISITE AU TEMPLE... PARTONS TOUT DE SUITE. JE NE VEUX PAS RISQUER UNE AUTRE ATTAQUE.
LES INVOCATIONS SONT DANGEREUSES ET HORS DE PRIX. ET LES CITOYENS NORMAUX N'AIMENT GUÈRE LA MAGIE DE SANG... CROYEZ-VOUS QUE MAXIOS AURAIT TRANSGRESSÉ AINSI LES COUTUMES ?
QUE NE FERAIT-ON PAS POUR QUELQUES SACS DE PIERRES PRÉCIEUSES ?
DÉPÊCHONS-NOUS. JE VEUX QUE NOUS AYONS QUITTÉ LA VILLE AVANT L'AUBE.
19

...ET C'EST LÀ L'ÉTENDUE DE MES CONNAISSANCES SUR VOTRE GUILDE, MA CHÈRE. VOS SECRETS SONT BIEN GARDÉS, MÊME ENVERS LES MEMBRES DES FAMILLES ROYALES.
J'IMAGINE QUE VOTRE ONCLE A ENVOYÉ DE NOMBREUX ESPIONS POUR PERCER NOS MYSTÈRES...
DES CENTAINES ! ILS SONT REVENUS BREDOUILLES... OU MORTS.
VOTRE ARME, PAR EXEMPLE. OÙ L'AVEZ-VOUS DÉNICHÉE ? ALGIS EST UN CENTRE DE COMMERCE IMPORTANT, MAIS VOTRE GUILDE N'Y EST PAS REPRÉSENTÉE, QUE JE SACHE...
NOUS AVONS DES RÉSEAUX.
ET IL Y A AUTRE CHOSE.
OUI ?
QUAND L'UNE D'ENTRE NOUS EST TRAHIE OU TUÉE, LES AUTRES LE SAVENT. OÙ QU'ELLE SOUFFRE, OÙ QU'ELLE SOIT, LES AUTRES LA RETROUVENT. ELLES L'AIDENT, OU LA VENGENT.
MAIS COMMENT EST-CE POSSIBLE ?
QU'IMPORTE. CELA EST, C'EST TOUT.

CELA EST, C'EST TOUT...
VOUS ÊTES UNE JEUNE FEMME TOUJOURS TRÈS SOLENNELLE, AMIDA. CE TON MÉLODRAMATIQUE FAIT PARTIE DE L'ENSEIGNEMENT DE LA GUILDE ?
MON TON VOUS DÉPLAIT, MONSEIGNEUR ? EH BIEN, SACHEZ QUE...
QU'Y A-T-IL, SYLVAN ?
JE NE SAIS PAS...
ON DÉGAGE !
MAINTENANT ? IL VA FAIRE NUIT...
LE GAMIN A BEAU ÊTRE LE PIRE MAGICIEN QUE J'AIE RENCONTRÉ, C'EST UN MAGICIEN QUAND MÊME.
ET CROYEZ EN MON EXPÉRIENCE... QUAND UN MAGICIEN SENT LE DANGER...
...IL EST TEMPS DE PARTIR.

J'AI FROID...
C'EST LA FATIGUE.
JE N'EN PEUX PLUS.
ALORS, TAIS-TOI... PARLER FATIGUE.
POURQUOI JE PEUX PAS DORMIR AUSSI ?
S'IL Y A UN VÉRITABLE DANGER, JE PRÉFÈRE QUE NOUS SOYONS DEUX À L'AFFRONTER. TU DORMIRAS TOUT À L'HEURE.
D'AILLEURS, L'AUBE VA BIENTÔT SE LEV...
TU AS ENTENDU QUELQUE CHOSE ?
JE NE SAIS PAS... JE
CRRRR
CRRR
CRRR
CRRRRR
CRRRRR
RÉVEILLEZ-VOUS! VITE!
CRRRR
CRRR
CRRR
PLOC
PLOC
CRRR
PLOC
DES EEEELS!
CRRRR
CRRRRR
DES EEEELS!
CRRR
AÏE!
22.

IL A SON SANG ! IL A SON SANG !
SYLVAN ! MONTE À CHEVAL !
VOUS NE COMPRENEZ PAS ! IL A SON SANG !
AAAAAHHHHHHHHHHH
SALOPERIE SALOPERIE ! ...
C'EST FINI, FINI ! VOUS NE COMPRENEZ PAS !...
CE SONT LES CRÉATURES MAGIQUES LES PLUS PUISSANTES DES ROYAUMES SOMBRES. IL FAUT UNE ÉNORME PUISSANCE POUR LES INVOQUER... ET QUAND ELLES ONT VOTRE SANG... ELLES VOUS SUIVENT PARTOUT...
CALME-TOI... CALME-TOI ET EXPLIQUE-NOUS.
... PARTOUT. ..
J'EN AI ENTENDU PARLER.
LE GAMIN A RAISON, CES BESTIOLES SONT DE VRAIES SALOPERIES. LEUR INTERVENTION COÛTE UNE FORTUNE... CE N'EST PAS MAXIOS QUI LES A ENVOYÉES, CROYEZ-MOI.
23

CRRRR
CRRR
CRRR
CRRRR
CRR
LES VOILÀ... NOUS SOMMES PERDUS !
... PERDUS. ...
SYLVAN... CALME-TOI.
CRRRRR
CRRRRR
CALME-TOI !
CRRRRR
CRRRRR
BIEN. MAINTENANT, RÉFLÉCHIS.
IL EXISTE DES SORTS POUR DISPARAÎTRE DE LA VUE D'UNE CRÉATURE... N'EST-CE PAS ? POUR CASSER LE LIEN, POUR QU'ELLE PERDE LA PISTE.
OUI MAIS JE SUIS... ENFIN JE NE SUIS PAS...
TU CONNAIS LES RITUELS ?
OUI, MAIS...
CHAQUE APPRENTI A EN LUI LA FORCE DES PLUS GRANDS SORCIERS. C'EST ÉCRIT SUR LE FRONTON DE L'ÉCOLE DE MAGIE DE LUYNE.
ACCOMPLIS LE RITUEL.
À CHEVAL, ALLEZ, VITE !
CRRR
CRRR
CRRRR
CRRRRR
UNE ÉTOILE DE SANG... L'INCANTATION... L'EAU QUI LAVE DE TOUT... ET
NOUS AVONS BESOIN D'EAU.
...ET C'EST AINSI, PAR LE SANG ET LA NUIT, LE BROUILLARD ET LA LAME, QUE SE DÉTISSE LA TOILE...
QUE L'ÉTOILE DE SANG TE PROTÈGE...
DÉSOLÉE, ON S'EN VA...
CRRR
CRRRR
CRRR
CRRR
CRRR
MAIS, LE RITUEL N'EST PAS FINI...
PAS LE TEMPS, VITE...
ET SYLVAN ?
CRRRR
CRRR
CRRRR
CRRRRR
CRRRR
24

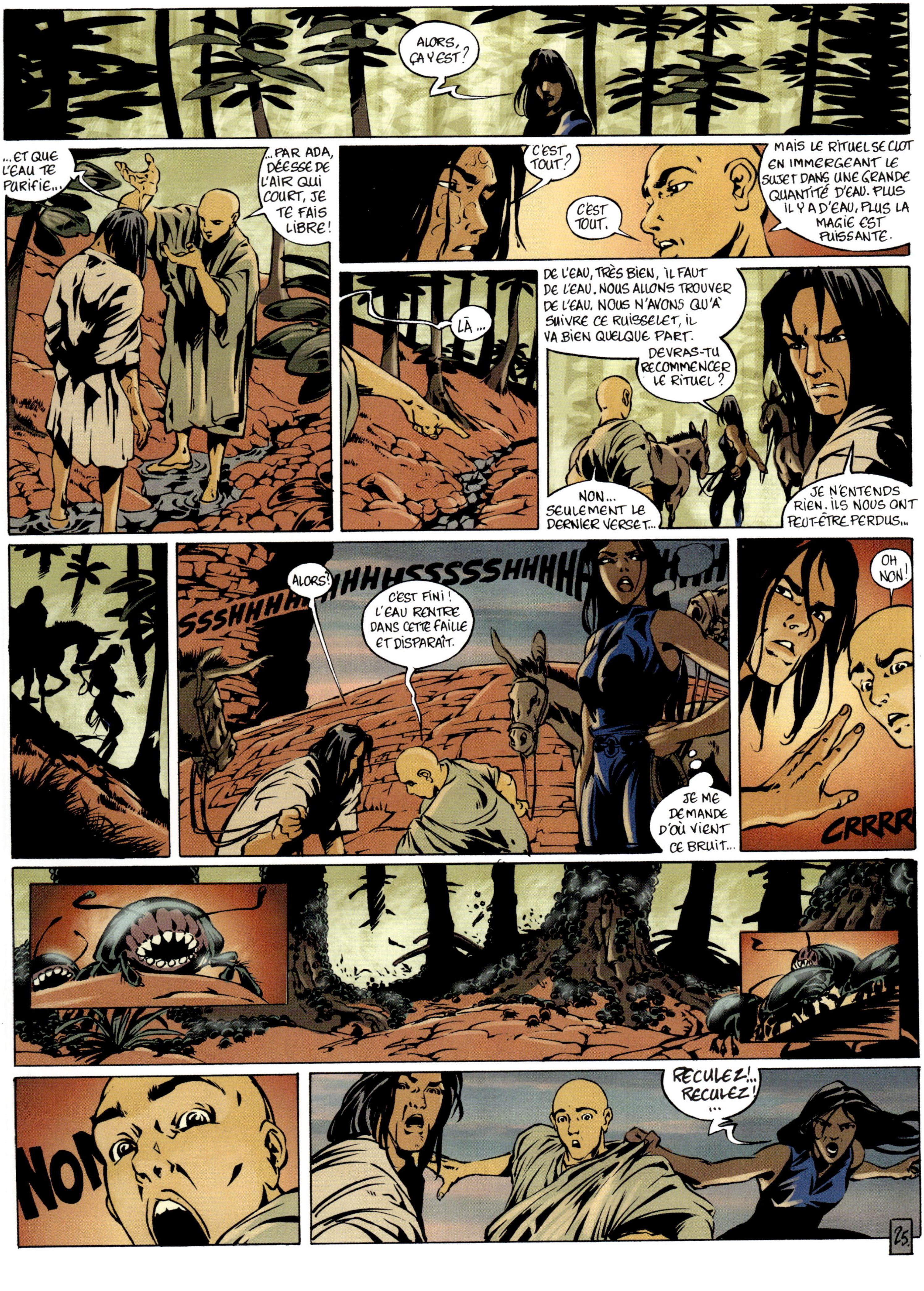
ALORS, ÇA Y EST ?
...ET QUE L'EAU TE PURIFIE...
...PAR ADA, DÉESSE DE L'AIR QUI COURT, JE TE FAIS LIBRE !
C'EST TOUT ?
C'EST TOUT.
MAIS LE RITUEL SE CLOT EN IMMERGEANT LE SUJET DANS UNE GRANDE QUANTITÉ D'EAU. PLUS IL Y A D'EAU, PLUS LA MAGIE EST PUISSANTE.
LÀ ...
DE L'EAU, TRÈS BIEN, IL FAUT DE L'EAU. NOUS ALLONS TROUVER DE L'EAU. NOUS N'AVONS QU'À SUIVRE CE RUISSELET, IL VA BIEN QUELQUE PART.
DEVRAS-TU RECOMMENCER LE RITUEL ?
NON... SEULEMENT LE DERNIER VERSET...
JE N'ENTENDS RIEN. ILS NOUS ONT PEUT-ÊTRE PERDUS...
SSSHHHHHHHHHSSSSSSHHHHH
ALORS ?
C'EST FINI ! L'EAU RENTRE DANS CETTE FAILLE ET DISPARAÎT.
JE ME DEMANDE D'OÙ VIENT CE BRUIT...
OH NON !
CRRRR
NON
RECULEZ !.. RECULEZ !...
25

ILS VONT NOUS DÉVORER ! ILS VONT NOUS DÉVORER !
HIIIIIIIIHHHHH
GRIMPEZ SUR LE ROCHER ! VITE !
JE NE VEUX PAS MOURIR !
TU VOULAIS DE L'EAU, C'EST ÇA ?
QUOI ?
LE RITUEL !! LA PHRASE !
HEIN ?
LA DERNIÈRE PHRASE ! DIS-LA !
...ET... ET QUE L'EAU...
DÉPÊCHE-TOI !
...ET QUE L'EAU NOUS PURIFIE. PAR ADA, DÉESSE DE L'AIR QUI COURT, JE NOUS FAIS LIBRE.
CRRR
CRRR
CRRR
CRRRR
PARFAIT.
26

27

PLIC
PLIC
PLIC PLIC

ET MAINTENANT ?
LE MONASTÈRE N'EST PLUS TRÈS LOIN.
NOUS AVONS PERDU DE L' ALTITUDE, MAIS L'EAU NOUS A EMPORTÉS VERS L'OUEST... C'ÉTAIT LE CHEMIN.
BIEN
NOUS IRONS MOINS VITE À PIED, MAIS SI LES CHEVAUX ÉTAIENT LE PRIX À PAYER POUR NOTRE SURVIE, JE N'IRAIS PAS ME PLAINDRE.
ON DIRAIT QUE LE SORT DE SYLVAN A FONCTIONNÉ.
ON DIRAIT.
BEAU BOULOT, GAMIN.

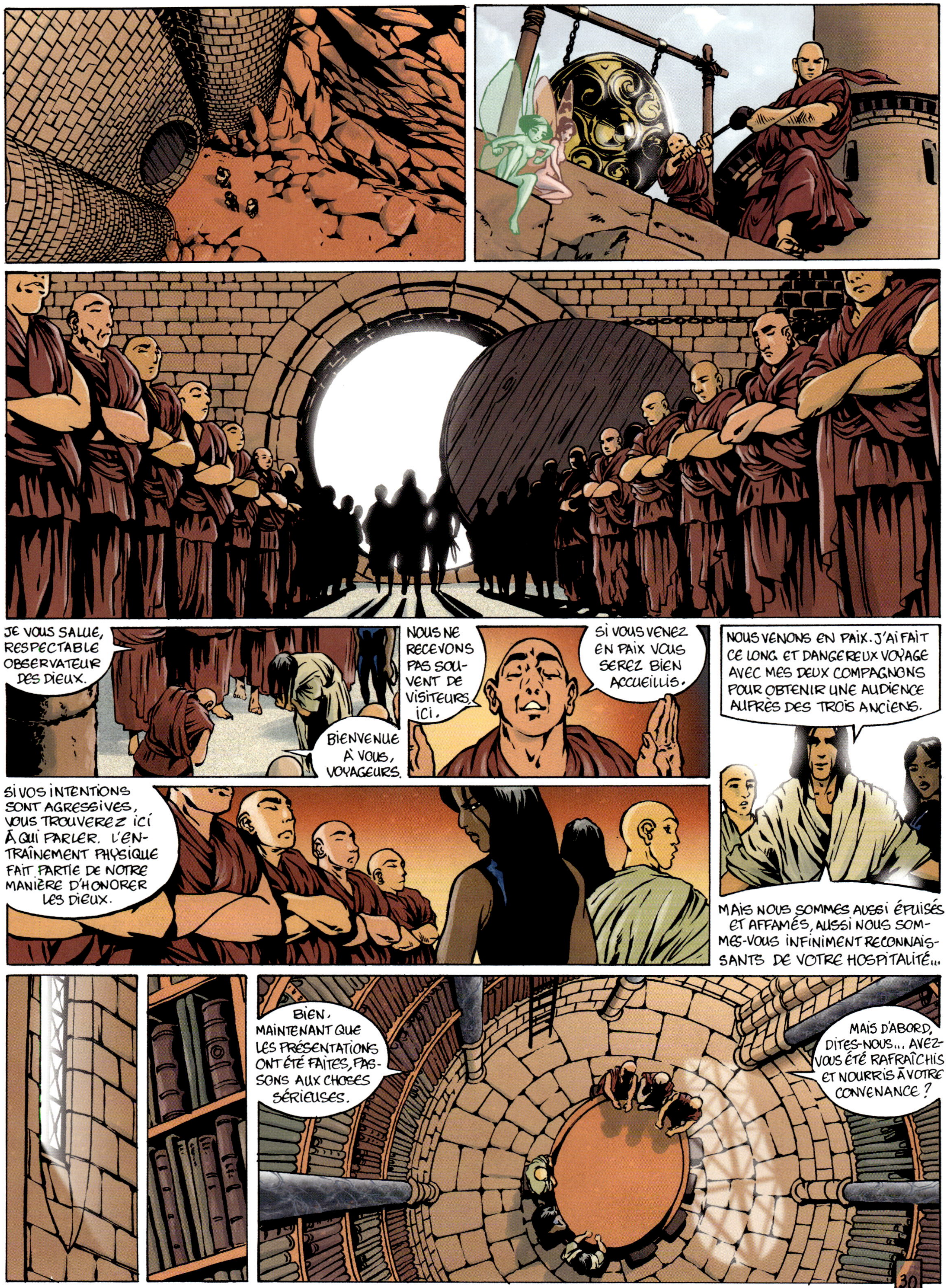
JE VOUS SALUE, RESPECTABLE OBSERVATEUR DES DIEUX.
BIENVENUE À VOUS, VOYAGEURS.
NOUS NE RECEVONS PAS SOUVENT DE VISITEURS ICI.
SI VOUS VENEZ EN PAIX VOUS SEREZ BIEN ACCUEILLIS.
NOUS VENONS EN PAIX. J'AI FAIT CE LONG ET DANGEREUX VOYAGE AVEC MES DEUX COMPAGNONS POUR OBTENIR UNE AUDIENCE AUPRÈS DES TROIS ANCIENS.
SI VOS INTENTIONS SONT AGRESSIVES, VOUS TROUVEREZ ICI À QUI PARLER. L'ENTRAÎNEMENT PHYSIQUE FAIT PARTIE DE NOTRE MANIÈRE D'HONORER LES DIEUX.
MAIS NOUS SOMMES AUSSI ÉPUISÉS ET AFFAMÉS, AUSSI NOUS SOMMES-VOUS INFINIMENT RECONNAISSANTS DE VOTRE HOSPITALITÉ...
BIEN. MAINTENANT QUE LES PRÉSENTATIONS ONT ÉTÉ FAITES, PASSONS AUX CHOSES SÉRIEUSES.
MAIS D'ABORD, DITES-NOUS... AVEZ-VOUS ÉTÉ RAFRAÎCHIS ET NOURRIS À VOTRE CONVENANCE ?
30.

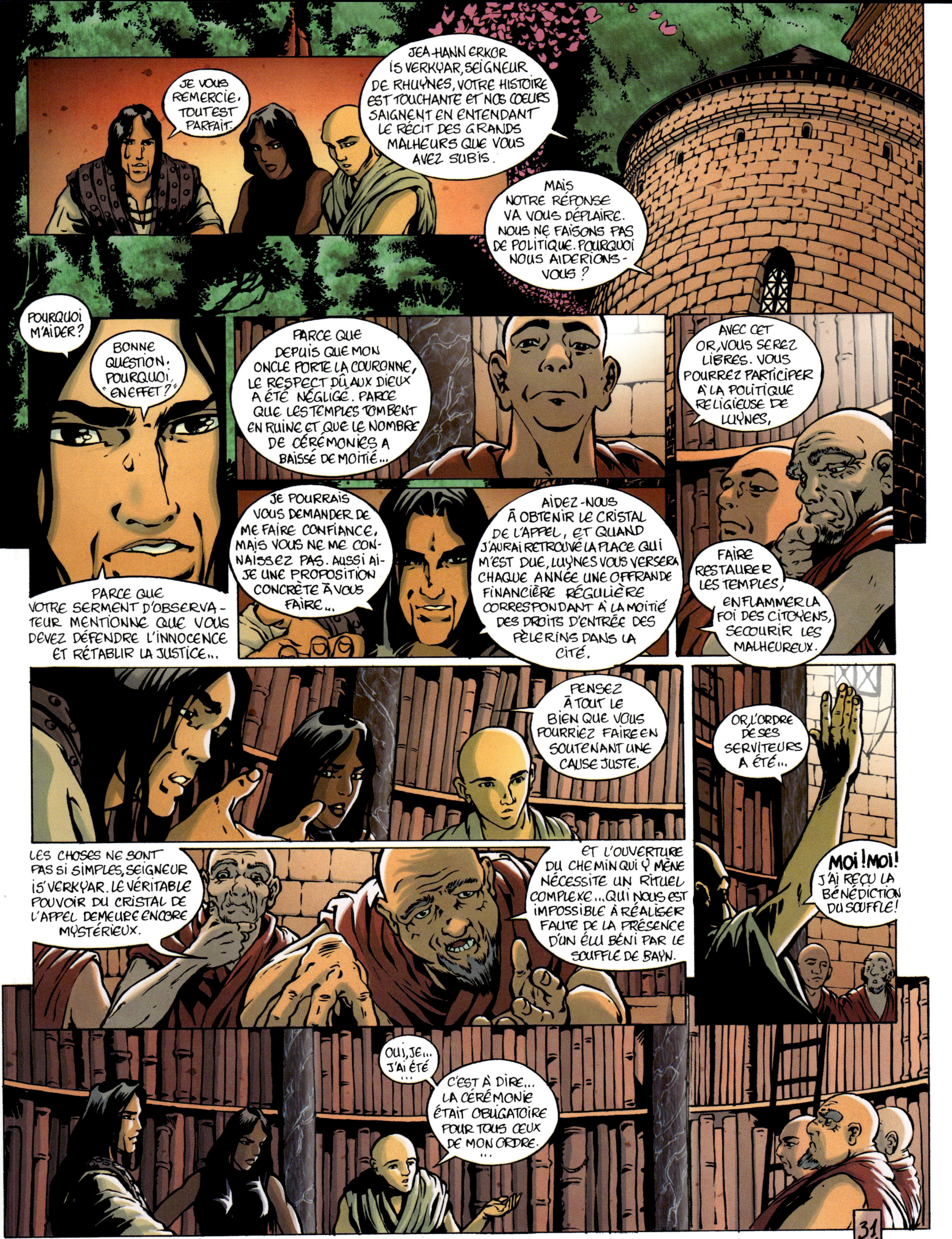

JE VOUS REMERCIE. TOUT EST PARFAIT.
JEA-HANN ERKOR IS VERKYAR, SEIGNEUR DE RHUYNES, VOTRE HISTOIRE EST TOUCHANTE ET NOS COEURS SAIGNENT EN ENTENDANT LE RÉCIT DES GRANDS MALHEURS QUE VOUS AVEZ SUBIS.
MAIS NOTRE RÉPONSE VA VOUS DÉPLAIRE. NOUS NE FAISONS PAS DE POLITIQUE. POURQUOI NOUS AIDERIONS-VOUS ?
POURQUOI M'AIDER ?
BONNE QUESTION. POURQUOI, "EN EFFET" ?
PARCE QUE VOTRE SERMENT D'OBSERVATEUR MENTIONNE QUE VOUS DEVEZ DÉFENDRE L'INNOCENCE ET RÉTABLIR LA JUSTICE...
PARCE QUE DEPUIS QUE MON ONCLE PORTE LA COURONNE, LE RESPECT DÛ AUX DIEUX A ÉTÉ NÉGLIGÉ. PARCE QUE LES TEMPLES TOMBENT EN RUINE ET QUE LE NOMBRE DE CÉRÉMONIES A BAISSÉ DE MOITIÉ...
JE POURRAIS VOUS DEMANDER DE ME FAIRE CONFIANCE, MAIS VOUS NE ME CONNAISSEZ PAS. AUSSI AI-JE UNE PROPOSITION CONCRÈTE À VOUS FAIRE...
AIDEZ-NOUS À OBTENIR LE CRISTAL DE L'APPEL, ET QUAND J'AURAI RETROUVÉ LA PLACE QUI M'EST DUE, LUYNES VOUS VERSERA CHAQUE ANNÉE UNE OFFRANDE FINANCIÈRE RÉGULIÈRE CORRESPONDANT À LA MOITIÉ DES DROITS D'ENTRÉE DES PÈLERINS DANS LA CITÉ.
AVEC CET OR, VOUS SEREZ LIBRES. VOUS POURREZ PARTICIPER À LA POLITIQUE RELIGIEUSE DE LUYNES,
FAIRE RESTAURER LES TEMPLES, ENFLAMMER LA FOI DES CITOYENS, SECOURIR LES MALHEUREUX.
PENSEZ À TOUT LE BIEN QUE VOUS POURRIEZ FAIRE EN SOUTENANT UNE CAUSE JUSTE.
LES CHOSES NE SONT PAS SI SIMPLES, SEIGNEUR IS'VERKYAR. LE VÉRITABLE POUVOIR DU CRISTAL DE L'APPEL DEMEURE ENCORE MYSTÉRIEUX.
ET L'OUVERTURE DU CHEMIN QUI Y MÈNE NÉCESSITE UN RITUEL COMPLEXE... QUI NOUS EST IMPOSSIBLE À RÉALISER FAUTE DE LA PRÉSENCE D'UN ÉLU BÉNI PAR LE SOUFFLE DE BAYN.
OR, L'ORDRE DE SES SERVITEURS A ÉTÉ...
MOI ! MOI ! J'AI REÇU LA BÉNÉDICTION DU SOUFFLE !
OUI, JE... J'AI ÉTÉ...
C'EST À DIRE... LA CÉRÉMONIE ÉTAIT OBLIGATOIRE POUR TOUS CEUX DE MON ORDRE...
31

QU'EST-CE QUE VOUS RACONTEZ ? ILS SONT MORTS ! ILS SONT TOUS MORTS !
LES MERCENAIRES ONT ASSIÉGÉ LA VILLE POUR PILLER LES GRENIERS ... QUAND LES ANCIENS DE L'ORDRE DE BAYN ONT TENTÉ DE PROTÉGER LA CITÉ, ILS ONT FERMÉ LES PORTES DE L'ÉCOLE, ENFERMÉ LES MAÎTRES ET LES APPRENTIS À L'INTÉRIEUR, AVANT DE METTRE LE FEU.
ILS ONT TOUS PÉRI DANS L'INCENDIE.
JE SAIS.
MAÎTRE HALLANH M'AVAIT ENVOYÉ CHERCHER DES HUILES DANS UN VILLAGE DES ENVIRONS.
QUAND JE SUIS REVENU ...
JE N'AI PAS BESOIN DE VOUS DÉCRIRE LE SPECTACLE.
JE N'AI PAS PU RESTER...
LES CITADINS SURVIVANTS SE SONT ORGANISÉS, ET JE CONNAISSAIS CERTAINS PAYSANS...
MAIS JE NE POUVAIS PAS RESTER LÀ, PARMI LES RUINES.
J'AI MARCHÉ PENDANT DES SEMAINES, ALLANT DE VILLAGE EN VILLAGE, MENDIANT POUR SURVIVRE.
UN JOUR OÙ J'AVAIS TROP FAIM, J'AI VOLÉ UNE POMME AU MARCHÉ. ON M'A ATTRAPÉ ET JUGÉ... APRÈS DEUX MOIS DANS UN CACHOT PUBLIC, ON M'A DÉPORTÉ DANS LA VALLÉE AVEC LES CONDAMNÉS À MORT.
JE NE SAURAI JAMAIS POURQUOI, J'IMAGINE.
C'EST LÀ QUE JE LES AI RENCONTRÉS.
UN FILS DE BAYN... ET VOUS L'IGNORIEZ, SEIGNEUR IS' VERKYAR ?
COMPLÈTEMENT.
MAIS JE N'EN SUIS PAS ÉTONNÉ. QUAND NOTRE TRIO S'EST FORMÉ DANS LA VALLÉE, J'AI EU LA SENSATION QUE LE DESTIN NOUS AVAIT RÉUNIS.
LES DIEUX PROUVENT AUJOURD'HUI QUE J'AVAIS RAISON.
UN FILS DE BAYN RÉAPPARAÎT AU MOMENT OÙ NOUS MENTIONNONS LE RITUEL... PEUT-ÊTRE LES DIEUX ESSAIENT-ILS EN EFFET DE NOUS DIRE QUELQUE CHOSE.
TRÈS BIEN. NOUS ALLONS RÉFLÉCHIR. NOUS VOUS FERONS SAVOIR NOTRE DÉCISION CET APRÈS-MIDI.
32

JE NE PENSAIS PAS QU'ILS ACCEPTERAIENT SI VITE.
ENCORE UNE FOIS, VOUS M'AVEZ IMPRESSIONNÉE, MONSEIGNEUR. SI ÇA CONTINUE, JE VAIS COMMENCER À CROIRE À VOTRE FOUTUE QUÊTE...
VOUS Y AVEZ TOUJOURS CRU, MA CHÈRE.
OH, VRAIMENT?
JE L'AI TOUT DE SUITE VU... LA PREMIÈRE FOIS QUE JE VOUS AI PARLÉ, LÀ-BAS, DANS LA VALLÉE.
VOUS SAVEZ PARFAITEMENT JOUER LA CYNIQUE, MAIS J'AI DÛ RÉVEILLER EN VOUS UN FOND D'IDÉALISME... MÊME SI VOUS LE NIEREZ JUSQU'À LA MORT, CERTAINEMENT.
QUE VOILÀ DE BELLES ET CREUSES PAROLES...
VOUS ME RACONTEZ DES BÊTISES POUR ME FAIRE OUBLIER QUE VOTRE VISAGE EST UN PEU TROP PRÈS DU MIEN, MONSEIGNEUR. ESSAYERIEZ-VOUS PAR HASARD DE ME SÉDUIRE?
PAS CONTRE VOTRE VOLONTÉ, DAMOISELLE. JE NE SUIS PAS FOU.
MAIS SI VOTRE VOLONTÉ VENAIT À FAIBLIR...
VOTRE FEMME NE VOUS MANQUE PAS?
ELLE ME MANQUE AFFREUSEMENT. SON VISAGE ME REVIENT LA NUIT, DANS CHACUN DE MES RÊVES. JE LÈVE LA MAIN POUR L'ATTRAPER ET ELLE DISPARAÎT...
MAIS PAS DE JOUR. DE JOUR, JE M'INTERDIS DE PENSER À ELLE.
MAIS SI CELA VOUS TROUBLE, RASSUREZ-VOUS. MA REGRETTÉE ÉPOUSE ET VOUS, N'AVEZ RIEN EN COMMUN.
CE QUI N'EST GUÈRE ÉTONNANT: VOUS N'AVEZ RIEN EN COMMUN AVEC LES AUTRES FEMMES.
VOILÀ UN BEAU COMPLIMENT.
ILS EN ONT POUR AU MOINS DEUX HEURES... AVEZ-VOUS UNE ACTIVITÉ PLUS INTÉRESSANTE À ME PROPOSER ?
33

BIEN. TENEZ-VOUS EN TRIANGLE.
COMME ÇA...
Ô BAYN, ÉCOUTE NOTRE SUPPLIQUE ! À TOI APPARTIENT LA FORCE ET LA CLARTÉ DU VENT, L'INTELLIGENCE ET LA RESPIRATION DES CIEUX !
TOI QUI N'AIMES PAS LES RITUELS ET LES MOTS CREUX, ENTENDS NOTRE PRIÈRE ! LE PENTACLE A ÉTÉ DESSINÉ, LES HOMMES ONT DANSÉ ET CHANTÉ EN TON HONNEUR !
PRENDS MAINTENANT LE SANG DE TON DERNIER SERVITEUR !
MAIS ILS VONT LE ...
NE BOUGE PAS !
CARESSE-NOUS DE TON SOUFFLE !
34

ÇA Y EST.
VITE! APPORTEZ L'ONGUENT.
NE VOUS INQUIÉTEZ PAS, DAMOISELLE. CET ONGUENT EST PRÉPARÉ PAR NOS MEILLEURS SORCIERS ET BÉNI PAR LES DIEUX ...
JE NE M'INQUIÈTE PAS...
LE VENT EST RETOMBÉ. EST-CE NORMAL?
OUI, DAMOISELLE... LE RITUEL EST TERMINÉ, LE PASSAGE EST OUVERT. MAIS IL FAUT QUE VOTRE AMI SE HÂTE...
ÇA VA?
ÇA VA.
VOUS DEVEZ PARTIR TOUT DE SUITE, OU IL SERA TROP TARD...
JE SAIS...
JE SAIS.
MAIS OÙ VA-T-IL?
CHERCHER LE CRISTAL.
DANS LA MONTAGNE?
ON DIRAIT. VOUS DEVRIEZ LE SUIVRE.
IL NOUS FAUT DES PROVISIONS.
35

IL REBROUSSE CHEMIN ? C'EST BIEN PAR LÀ QUE NOUS SOMMES ARRIVÉS... ?
JE NE SAIS PAS...
TOUT VA BIEN ?
JE SUIS FATIGUÉ. MA TÊTE TOURNE...
C'EST NORMAL... TU AS PERDU BEAUCOUP DE SANG. TU DOIS MANGER ET BOIRE.
OUI. NOUS REVENONS SUR NOS PAS...
SYLVAN, SANS VOULOIR CONTESTER TES TALENTS... SAIS-TU OÙ TU VAS ?
JE SUIS LE CHEMIN.
QUEL CHEMIN ?
LÀ...
LES BORNES MARQUENT LE CHEMIN...
JE NE LES AI PAS REMARQUÉES EN VENANT.
LÀ ! DEUX AUTRES
ELLES N'Y ÉTAIENT PAS.
ET LÀ, ENCORE...
36.

ARRÊTEZ.
QUELQUE CHOSE NE VA PAS. CES TEMPLES N'ÉTAIENT PAS LÀ QUAND NOUS AVONS REGARDÉ TOUT A L'HEURE... NOUS LES AURIONS VUS DE LOIN!
CES PICS... C'EST LA PREMIÈRE FOIS QUE JE LES REMARQUE.
ET LE SOLEIL? POURQUOI N'EST-IL PAS COUCHÉ? NOUS MARCHONS DEPUIS DES HEURES...
NOUS SOMMES PORTÉS PAR LE VENT DE BAYN.
CE QUI SIGNIFIE?
NOUS SOMMES PORTÉS PAR LE VENT DE BAYN.
QUE VOULEZ-VOUS, MA CHÈRE? LES MAGICIENS SONT FAITS D'UNE AUTRE GLAISE QUE NOUS AUTRES, PAUVRES MORTELS!
JE CRAINS QUE NOUS NE DEVIONS NOUS CONTENTER DE SUIVRE...
37.

NAVRÉE, MONSEIGNEUR, MAIS VOUS N'IREZ PAS PLUS LOIN.
LE VENT DEVRAIT BIENTÔT SE LEVER ...
MA MISSION EST TOUJOURS DE VOUS PROTÉGER, ET JE NE VOUS LAISSERAI PAS AVANCER AINSI À L'AVEUGLETTE...
VOILÀ.
EH BIEN...
SANS OFFENSER LES DIEUX, J'IMAGINAIS LEUR INTÉRIEUR PLUS LUXUEUX...

LES DIEUX NE VIVENT PAS ICI NOUS AVONS RÉUSSI À PÉNÉTRER DANS UN...
...SISK...
...KHÂN...
...SISKHÂNI EST LE TERME EXACT, ENFANT.
UN MORCEAU DU MONDE D'ENTRE DEUX, UNE ÉTAPE QUE NE PEUVENT ATTEINDRE QUE LES SORCIERS LES PLUS PUISSANTS, LES DESCENDANTS DES DIEUX... LES HUMAINS FRAPPÉS PAR LA GRÂCE...
...OU LES GAMINS DÉBUTANTS PORTÉS PAR L'ESPOIR, LE RITUEL ET LA MAGIE DE TOUS LES OCCUPANTS D'UN MONASTÈRE.
MAIS... VOUS... VOUS ÊTES...
LES MOINES ? LE CONSEIL DU TRIO ? JE NE COMPRENDS PAS...
JE NE COMPRENDS PAS... IL ÉTAIT LÀ, IL Y A MOINS D'UN BATTEMENT D'UN COEUR...
SYLVAAAN !
NE TE FIE PAS À NOS VISAGES, ENFANT... NOUS AVONS PRIS L'APPARENCE D'ÊTRES FAMILIERS POUR NE PAS TE FAIRE PEUR.
NOS VÉRITABLES TRAITS...
...HÉLAS, ILS SONT À L'IMAGE DE CE LIEU...
LES DIEUX SONT FATIGUÉS, ENFANT...
SYLVANN !
SYLVANN !
39.

ET CELA EST D'IMPORTANCE DANS TA QUÊTE.
LES DIEUX? FATIGUÉS? JE NE VOIS PAS...
JE SUIS SEULEMENT VENU CHERCHER LE CRISTAL DE L'APPEL.
MESSIRES... J'IGNORE COMMENT VOUS APPELER MAIS JE VOUS EN PRIE, POSEZ SUR MOI UN REGARD BIENVEILLANT.
JE VOUS EN SUPPLIE, CONFIEZ-MOI LE CRISTAL DE L'APPEL. MES COMPAGNONS ET MOI NE CHERCHONS QU'À RÉPARER UNE TERRIBLE INJUSTICE.
FAITES CE QUE VOUS VOULEZ. ÉPROUVEZ-MOI...
OH, NOUS ALLONS VOUS ÉPROUVER...
AINSI, TU AS CHOISI DE NOUS CROIRE...
QUOI?
TU NE NOUS CONNAIS PAS, ET POURTANT TU TE METS À NOTRE MERCI...
JE... JE NE SUIS PAS CERTAIN DE...
ET SI NOUS T'AVIONS MENTI? ET S'ILS T'AVAIENT MENTI, LÀ-BAS, AU MONASTÈRE...?
SI NOUS AVIONS DÉCIDÉ TA DESTRUCTION?
JE NE COMPRENDS PAS...
JE N'AIME PAS ÇA... JE N'AIME PAS ÇA DU TOUT. ...
NOUS NE SOMMES PLUS DANS LES MONTAGNES QUE NOUS CONNAISSIONS.
LES RÈGLES HABITUELLES NE S'APPLIQUENT PAS DANS CE LIEU... J'EN AI BIEN PEUR...
PEUT-ÊTRE SA DISPARITION EST-ELLE LIÉE AU CRISTAL. PEUT-ÊTRE VA-T-IL REVENIR AVEC...
SYLVAAANN!
NOUS NE DEVRIONS PAS NOUS SÉPARER. IL EST TROP JEUNE! IL NE SAIT PAS QUOI DIRE.
HÉLAS, JE LE SAIS, BELLE DAME.
VOUS NE SUPPORTEZ PAS QUE LES ÉVÈNEMENTS ÉCHAPPENT À VOTRE CONTRÔLE, N'EST-CE PAS?
EN EFFET, BELLE DAME... VOUS AVEZ DÉCOUVERT MON DÉFAUT. J'AIME QUE TOUT SE PASSE COMME PRÉVU.
SYLVAAANN!
LA VIE N'EST PAS TOUJOURS OBÉISSANTE.
40

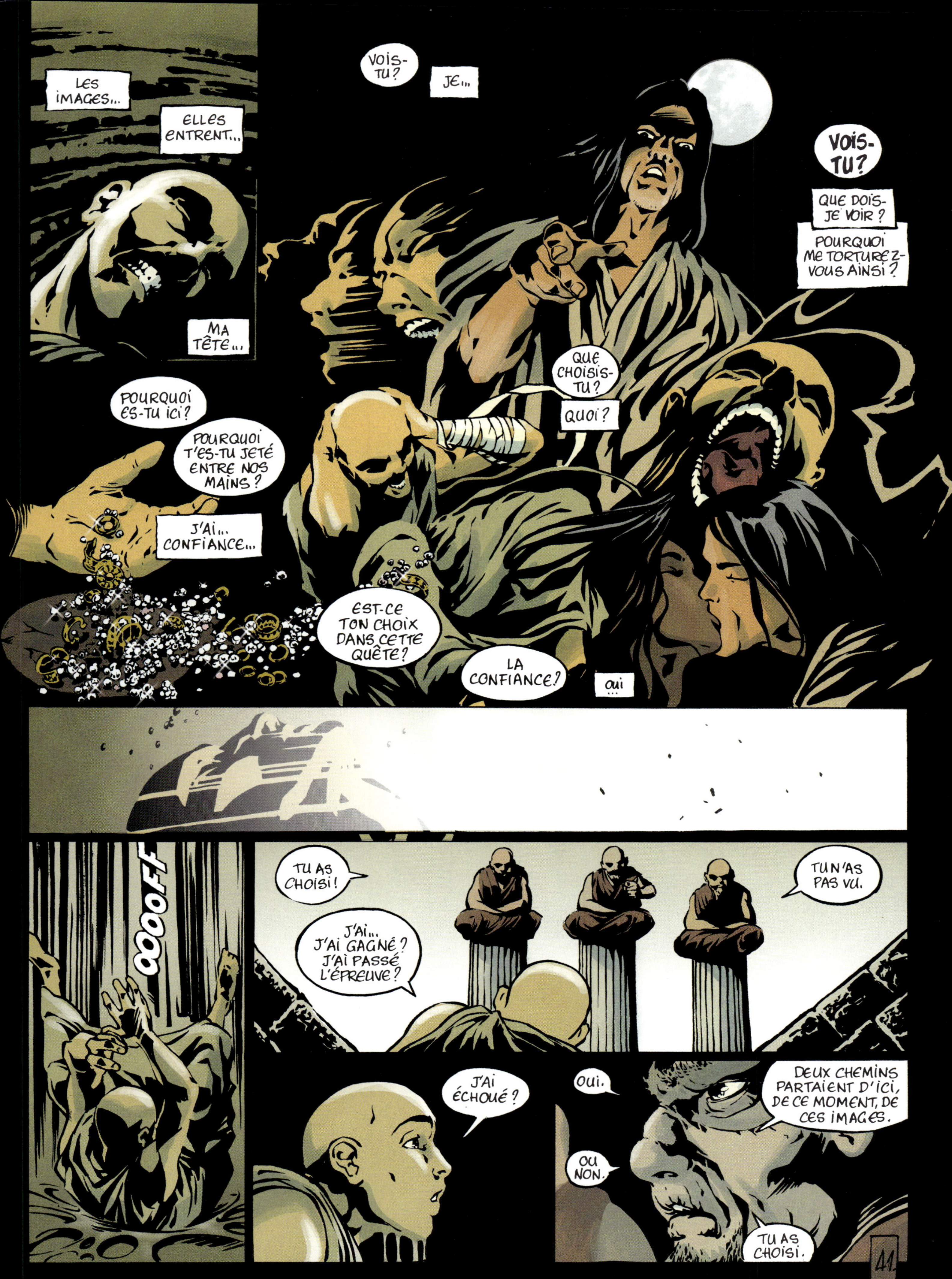

LES IMAGES...
ELLES ENTRENT...
MA TÊTE...
VOIS-TU?
JE...
VOIS-TU?
QUE DOIS-JE VOIR?
POURQUOI ME TORTUREZ-VOUS AINSI?
POURQUOI ES-TU ICI?
POURQUOI T'ES-TU JETÉ ENTRE NOS MAINS?
J'AI... CONFIANCE...
QUE CHOISIS-TU?
QUOI?
EST-CE TON CHOIX DANS CETTE QUÊTE?
LA CONFIANCE?
OUI...
OOOOFF
TU AS CHOISI!
J'AI... J'AI GAGNÉ? J'AI PASSÉ L'ÉPREUVE?
TU N'AS PAS VU.
J'AI ÉCHOUÉ?
OUI.
DEUX CHEMINS PARTAIENT D'ICI, DE CE MOMENT, DE CES IMAGES.
OU NON.
TU AS CHOISI.

SYLV...
SYLVAN ? OÙ ÉTAIS-TU ?
LE CRISTAL ? TU L'AS ?
OUI...
COMMENT ÇA, "OUI" ?
OÙ ? DONNE-LE MOI !
ICI! AU BOUT DE LA CHAÎNE, VOUS VOYEZ ?
SYLVAN !
TOUT VA BIEN? TU N'ES PAS BLESSÉ ?
QUELLE CHAÎNE ? QU'EST-CE QUE TU RACONTES... IL N'Y A RIEN !
JE LE TIENS DANS MA MAIN, MONSEIGNEUR...
NE LE VOYEZ-VOUS PAS ?
NON...
TU ES SÛR ?
QUE S'EST-IL PASSÉ ? COMMENT L'AS-TU OBTENU ?
AS-TU... AS-TU VU LES DIEUX ?
NON, SEULEMENT DES SORTES DE GARDIENS DES INTERMÉDIAIRES.
ILS M'ONT DIT... DES CHOSES QUI N'AVAIENT PAS DE SENS...
... QUE MON CHOIX SCELLAIT LEUR DESTIN. "TU AS PRIS LE CHEMIN VERS L'ABÎME. MAIS L'ABÎME EST PEUT-ÊTRE LE CHEMIN."
ILS ÉTAIENT VIEUX... C'ÉTAIT ÉTRANGE...
42

LEUR DESTIN?
LES DIEUX SONT IMPRÉVISIBLES ET PARFOIS OBSCURS... C'EST DANS LEUR NATURE MAIS C'EST DE "NOTRE" DESTIN QU'IL S'AGIT AUJOURD'HUI.
SEULEMENT...
SEULEMENT? ...
RIEN, JE NE M'ATTENDAIS PAS À CELA, C'EST TOUT.
MAIS SI LES DIEUX VEULENT QUE SEUL SYLVAN VOIE LE JOYAU, ILS ONT LEURS RAISONS, J'IMAGINE...
JE VOUS VOIS MAL ALLER PROTESTER AUPRÈS D'EUX, MONSEIGNEUR...
HÉ?
ACCROCHEZ VOUS...!
PARTONS.
NOUS AVONS DES MERCENAIRES À REJOINDRE.
ET UNE GUERRE À GAGNER.
43

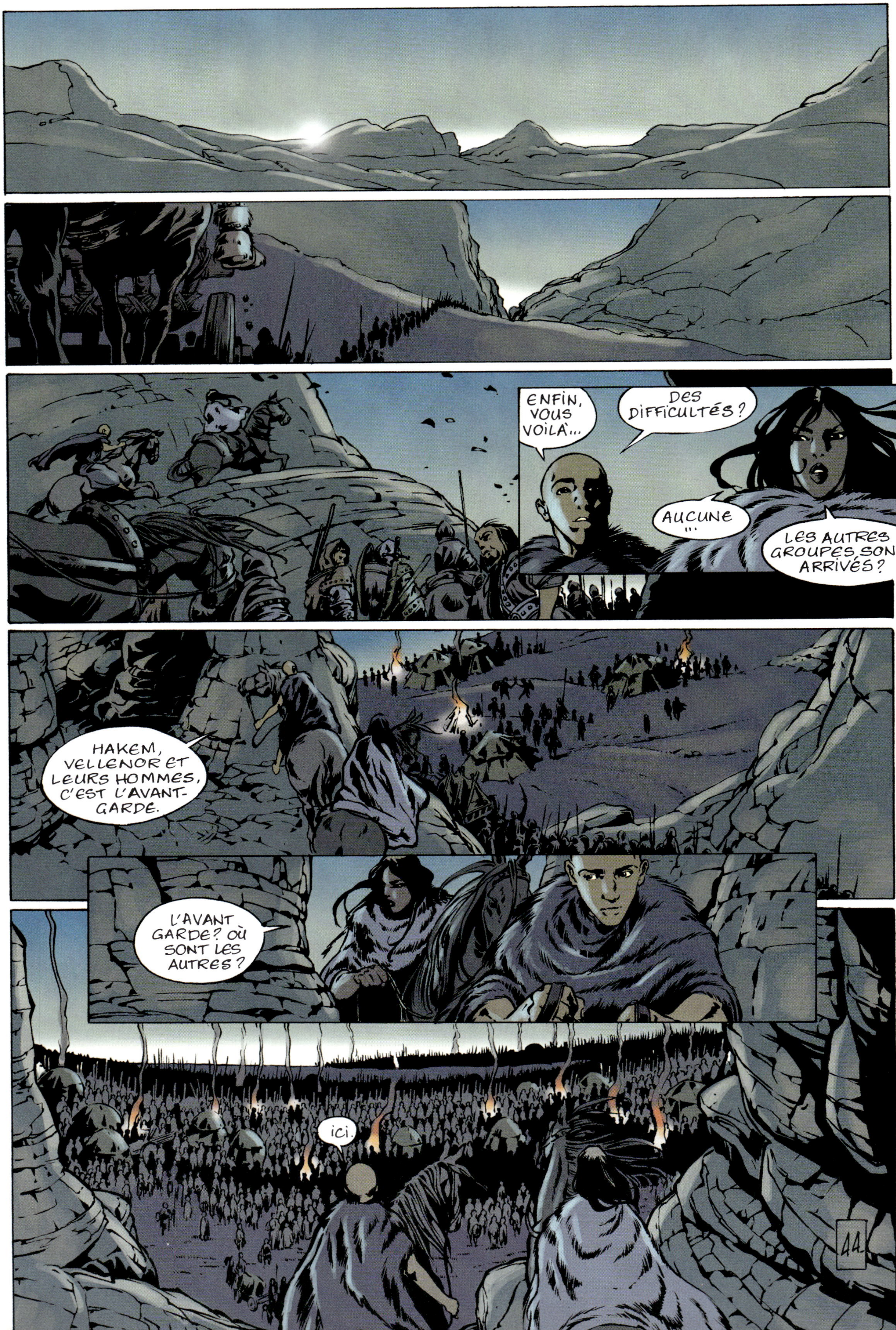
ENFIN, VOUS VOILÀ...
DES DIFFICULTÉS ?
AUCUNE ...
LES AUTRES GROUPES SONT ARRIVÉS ?
HAKEM, VELLENOR ET LEURS HOMMES, C'EST L'AVANT-GARDE.
L'AVANT GARDE ? OÙ SONT LES AUTRES ?
ici.
44.

PAR GALATA...
IL SEMBLE QUE J'AI GRAVEMENT SOUS-ESTIMÉ LE NOMBRE DES MERCENAIRES.
ERKOR IS' VERKYAR, SEIGNEUR DE RHUYNES PREND LA VENGEANCE AU SÉRIEUX...
VOUS EN DOUTIEZ ?
NON ...
J'AI PERDU TOUT CE QU'UN HOMME PEUT AVOIR DE PLUS CHER.
OUI, LA VENGEANCE EST UN ART QUE JE PRENDS TRÈS AU SÉRIEUX.
JE DOIS AVOUER...
J'ÉTAIS PRÊTE À VOUS SUIVRE, MONSEIGNEUR, MAIS POUR ÊTRE FRANCHE, JE NE CROYAIS PAS EN VOS CHANCES DE VICTOIRE.
MAINTENANT... QUI SAIT ?
MOI, JE SAIS.
MAIS QUE VOILÀ UNE INTÉRESSANTE RÉFLEXION... AINSI, BELLE AMIDA, VOUS M'AURIEZ SUIVI, MÊME À MA PERTE ?
JE SUIS PAYÉE POUR ÇA, MONSEIGNEUR.
BIEN ENTENDU.
VENEZ ...
45.

FIN.

ANGE + PATY